Mallory

马洛丽成长记 Mallory

新朋友来了

[美]劳丽·弗里德曼 著

[美]詹妮弗·卡利斯 绘

杜 明 译

浙江文艺出版社

扫码惊喜送送送

与马洛丽一起快乐成长
免费试听有声故事
0元领取进步礼包
轻松变身自信小达人

马洛丽的开场白

我，马洛丽·麦当劳，尤其喜爱周六上午。我喜欢睡懒觉，喜欢甜甜圈，最喜爱电视节目《弗兰时尚秀》的特殊原因是我常常可以与我最好的朋友玛丽·安共赏。

以上所述之事皆是我与玛丽·安在每周六上午一同做的。不过这个周六上午却不同于往常。

刚开始并没有察觉有什么不同，我一如往常地醒来，刷牙，整理床铺，喂了我的小猫奶酪包，然后吃早饭。我刚吃完甜甜圈，正打算打开电视，无意间朝客厅窗外瞟了一眼。

从这一刻起，我的周六开始变得与众不同。

我瞧见搬家公司

的卡车停在对街的屋子前，一个与我年龄相仿的女孩站在门前。

这个女孩看上去简直与玛丽·安长得一模一样：身高与玛丽·安相仿，金色鬈发宛如玛丽·安，穿着与玛丽·安同款的牛仔裤，就连衬衫也像玛丽·安的衣橱里的某一件。起先，我以为她就是玛丽·安。

然后出现了令我惊诧不已的一幕：我看见了真正的玛丽·安！

她正穿过街道，朝酷似她的女孩走去。她挥着手，那个女孩也朝她挥手回应，而后她们开始交谈起来。

我揉了揉眼睛以确认自己并不是在做梦。玛丽·安像是突然冒出了一个我闻所未闻的失散已久的孪生姐妹。

我的脑中闪出个大问号：这个女孩到底是谁？

马洛丽

Mallory

目录
CONTENTS

扫码惊喜送送送

与马洛丽一起快乐成长
免费试听有声故事
0元领取进步礼包
轻松变身自信小达人

成双成对

"妈妈！"我声嘶力竭地喊道。

在麦克斯还来不及对我手中的遥控器下手时，妈妈先一步来到客厅，问道："马洛丽，怎么啦？"

我一只手将奶酪包抱在腋下，另一只手指向窗外："这是怎么回事呀？"

妈妈朝窗外望去，脸上浮现出笑意，好像很开心的样子。"菲茨杰拉尔德一家搬走了，还记得吗？看起来好像是有新的一家子搬进来了。"

菲茨杰拉尔德一家搬走这事，并不是我关注的焦点，妈妈要不就该好好检查一下她的视力，要不就是压根儿对我说的事视而不见。我做了个深呼吸，试图镇定下来。

我要求妈妈再次看看窗外。

她照做之后，我开始了提问，仿佛我是律师，而她站在证人席上。

"你看见站在搬家卡车旁边那个你从未见过的女孩了吗？"

在法庭的一天。

请回答问题。

我发誓所说的全部都是事实。

妈妈点头称"是"。

"你看见我的好朋友玛丽·安与那个女孩说话了吗?"

妈妈继续点了点头。

"你注意到了吗,那个你从未见过的女孩与玛丽·安长得很像?"

妈妈将脸凑近玻璃,惊讶地道:"天哪,她们确实长得非常像啊。"她的笑容更加灿烂了。

　　回答无误，但反应很不正常。显然，妈妈完全不觉得一个酷似我好友的女孩搬入许愿池路是一件奇怪的事。

　　我让妈妈在临窗的椅子上坐定。我把奶酪包放下来后，在她对面的椅子上坐了下来："妈妈，为何你不事先告诉我，新搬来的人家有一个酷似我好友的女儿？"

　　妈妈看了我一眼，一副对我的提问很惊讶的表情："马洛丽，我对这一家的情况一无所知。我压根儿不知道他们有个女儿，更不知道她长什么样。不过，对街多了一个与你和玛丽·安年纪相仿的女孩一起相处不是很好吗？"

　　提问的应该是我，妈妈显然没能领会这一点。

　　我又朝窗外看了一眼。玛丽·安与新来的女孩依旧在聊着。新来的女孩和玛丽·安都笑得很开心。玛丽·安伸手挽住新来女孩的胳膊，两个人肩并肩朝新来的女孩家走去。我望着她们，直到她们的身影消失在屋前。

早餐吃下的甜甜圈，此刻好像在我的胃里翻江倒海起来。

巨大的疑问依然盘旋在我的脑海里：这个女孩到底是谁？

据我所知，她可能是外星人，身怀邪恶的阴谋……假如她不是唯一一个外星人，还有接踵而至的大部队呢？

我的面前似乎出现了浩荡的外星人大军，

与许愿池路上所有的人长得一模一样：乔伊、麦克斯、妈妈、爸爸，还有我！甚至还有外星人的宠物，与冠军、奶酪包长得一样。我必须将这些入侵者的入侵行动遏制在萌芽状态！

我面对着妈妈，将双手放在她的膝盖上，似乎这样便能让她感受到我将要说的话非常重要，需要她仔细听取："我们应该多了解我们的邻居。"

"我同意。"妈妈回答。

我松了口气，至少妈妈领会了我说的话的重要性。目前我们要做的便是制订计划了。

我还没来得及思考如何将"找出对街的外星人来访动机"的计划付诸实施，妈妈站起身，套上了羊毛衫。

她走向前门。我跑在她前面挡住去路。

"妈妈，你干什么去呀？"

"我去拜访一下新邻居。"她似乎对我问的问题有些吃惊。她拉住我的胳膊，说了我最不想听到的话：

"你也一起去。"

新来的女孩

　　我还是跟着妈妈穿过了街道，虽然我恨不得马上返回家去。

　　玛丽·安与新来的女孩依旧一起待在屋子里。此时，站在门外的是一位女士，看着搬家工人卸下家具。

　　看见妈妈和我走过去，她微笑着朝我们挥着手，表现出很开心的样子，即使她对我们一无所知。她有着一头金色的长发，一双大大的蓝色眼睛，还有我见过的最白的牙齿。我不得不承认，她更像一个选秀的美女，而不是外星人。

"欢迎你们！"我们走近她时，妈妈说道。妈妈介绍完自己又介绍了我。

"我叫凯特·杰克逊·布朗。"女士说着，热情地拥抱了我们，"感谢你们过来，有你们这样热心的邻居真是太好了！我们刚到这里，我女儿就交上了个新朋友！"

你女儿交上的这个新朋友是我最好的朋友！

我暗自嘀咕着，却没有大声说出来。另一件没有明说的事情是，她对刚认识的人就热情相拥，挺让人尴尬的，即便他们是你的邻居。

对我而言，这位妈妈太过甜腻了些，好像我与玛丽·安烘焙巧克力饼干时不小心加了双倍的糖。

杰克逊·布朗夫人告诉我们，她与丈夫、女儿刚从亚特兰大搬至蕨落镇，对这里还一无所知。

妈妈开始事无巨细地告诉她关于蕨落镇的情况。

　　我尝试着倾听，但却很难表现出兴趣，因为此时，我最好的朋友正与新来的女孩待在屋里，而我却被困在这儿，听她们讲一大堆无聊透顶的杂货店铺、干洗店与药店的琐碎事情。

　　我朝杰克逊·布朗家的门张望着，探寻屋内玛丽·安和新来女孩的身影，可是进出的唯有搬家工人。

　　我想着我的外星人理论。

　　事实上，杰克逊·布朗夫人的外形与声音均与外星人相去甚远。尽管我希望她与她的女儿一同乘上宇宙飞船，即刻飞离许愿池路，但我知道这不可能。

　　妈妈向杰克逊·布朗夫人讲述完毕，杰克逊·布朗夫人的注意力转向我，道："马洛丽，你读几年级了？"

　　"读四年级。"我听见自己回答道。

　　"真的吗？太好了！"杰克逊·布朗夫人道，"我的女儿，克洛伊·詹妮弗也读四年级呢。"

她的女儿名叫克洛伊·詹妮弗？为何不直接叫作克洛伊或詹妮弗呢？没有人会叫我马洛丽·路易丝，除了妈妈之外。当然，那是在她生我气的时候。

"她在蕨落小学读书吗？"妈妈问。

"是的，"杰克逊·布朗夫人回答，"她周一开始报到，负责的老师是奈特先生。"

"太好了！"妈妈说，"克洛伊·詹妮弗就在马洛丽班上呢。"

"太好了！"杰克逊·布朗夫人道。

看起来我是唯一觉得不太好的人。我到现在都还没见过这个新来的女孩，而我们的妈妈早已坚信我们会成为朋友，仅仅是因为我们居住在同一条街上，凑巧又在同一个班上。

我还没来得及说什么，克洛伊·詹妮弗与玛丽·安走了出来。不对，更正一下，她们是手拉着手，小跳着出来的。

　　玛丽·安正雀跃着，拉着一个跟她还不熟的女孩的手。而玛丽·安与我从幼儿园起，在蹦跳的时候也从不拉手。

　　"马洛丽，我介绍你认识克洛伊·詹妮弗。"玛丽·安跳到我们站立的地方道。

　　克洛伊·詹妮弗微笑着与我打了声招呼，玛丽·安的大嘴便开始滔滔不绝地说了起来。

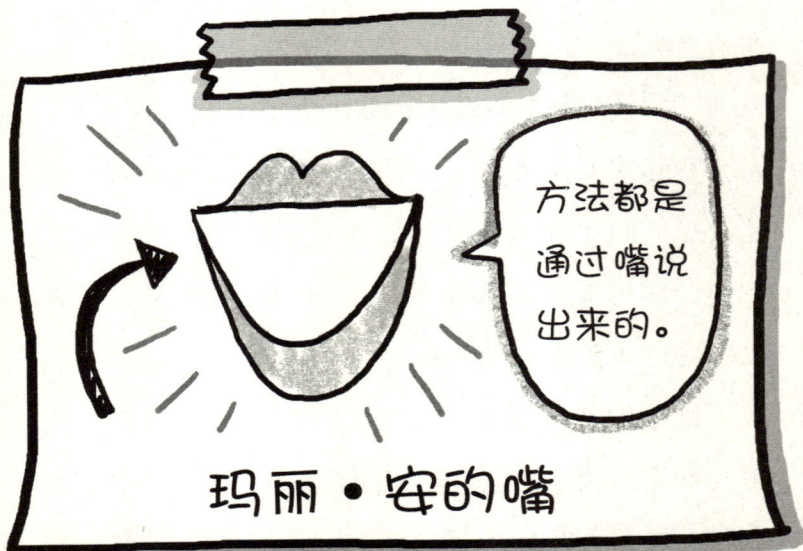

方法都是通过嘴说出来的。

玛丽·安的嘴

"克洛伊·詹妮弗和我们同班，她马上要过生日了，她说我们可以帮她一起筹划！你得去瞧一下她的房间，那里有紫色的地毯和粉色的家具。她妈妈让搬家工人最后才把她的家具搬上车，到新家这里便可以第一个卸下来，这会儿已经摆放好了。看起来就好像她一直居住在这里一样。你应该去确认一下。"玛丽·安将脸贴近克洛伊·詹妮弗，"我们是不是很像？搬家工人几乎区分不出来。克洛伊·詹妮弗的爸爸还给我们拍了照，说我们好像两姐妹。还有你意想不到的呢，克洛伊·詹妮弗爱跳舞，跟我一样，我们约定一起跳街舞呢。而且我们两个都拥有双名，玛丽·安与克洛伊·詹妮弗，对不？在原来亚特兰大的学校，克洛伊·詹妮弗说她的双名很普通，可我告诉她，在蕨落小学拥有双名的就我们俩，酷吧?!"

　　酷？我不会选择这个词来形容。不过眼下也不需要我多说什么，因为玛丽·安还在继续滔滔不绝。

"我问克洛伊·詹妮弗是否喜欢《弗兰时尚秀》节目，可她说还从未看到过。于是我告诉她这是我们的最爱，是我们最享受的组合：一起留宿，一起看时尚节目，一起涂抹指甲油。现在既然克洛伊·詹妮弗搬到许愿池路了，我们三个人就可以一起做了，那将会……"

玛丽·安停了下来——终于——看着克洛伊·詹妮弗。

"棒，棒，棒！"她们异口同声地喊道，然后笑作一团。

"我已经告诉过克洛伊·詹妮弗，我们喜欢把好话连说三遍。"玛丽·安说道。

我想说点什么，可是我的嘴像被胶水粘住了，什么话都说不出来。

今早醒来，我的生活还一如寻常，而现在，一个长相酷似我最好朋友的新女孩搬来，玛丽·安对她的一切都非常赞赏，甚至邀请她参加我们曾经二人组合的所有活动。

我对这个女孩一无所知。她或许不错，但按照我对"最好朋友"的理解，就是应该两人同舟共济，而不是与他人站在一起！

"嗨，马洛丽，我们为何不趁着搬家工人在克洛伊·詹妮弗屋里忙活的时候，带她去邻居那里转转呢？"

我瞥了眼玛丽·安，**暗示她现在该是一起看《弗兰时尚秀》节目的时候，而不是为新女孩介绍邻里街坊的时候。**可是玛丽·安浑然不觉。她忙着细说许愿池路的一切。

妈妈与杰克逊·布朗夫人依然在赞叹我们三个女孩凑巧同龄有多棒，以及玛丽·安与克洛伊·詹妮弗长得相像多有趣。

"我们非常荣幸能邀请你们今晚来我家共进晚餐。"我听见妈妈对杰克逊·布朗夫人说道。

我不知道妈妈怎么会认为"我们"都喜欢这

样，我又想了一遍，"我们"一词应该包含的不仅仅是一个人。

我试图从我的脑袋向妈妈的脑袋发送短信，让她收回邀请。

可是一定是我的信息发送技术太差，妈妈并没有收到任何消息。

"你们太好啦，我们很高兴能去。"杰克逊·布朗夫人说。

克洛伊·詹妮弗看着我展颜而笑。

我也想冲她微笑，以示我对她们能应邀前来用餐由衷地欢喜，但事实恰恰相反，我并不那么开心。假如身边有纸，我会罗列下来所有让我不开心的事。

十件让我，马洛丽·麦当劳不开心的事！

1. 有一个跟我最好的朋友长得很像的女孩搬来了我们这里。

2. 新来的女孩会跳舞，我最好的朋友也是。

3. 新来的女孩有双名，我最好的朋友也是。

4. 我最好的朋友盛邀新来的女孩参与我俩的趣事。

5. 新来的女孩已经开始参与我们的一些

活动。

　　6. 新来的女孩向我最好的朋友展示了她的房间。

　　7. 新来的女孩并没有让我参观她的房间。

　　8. 我最好的朋友认为她和她的房间（目前为止我还未亲眼见过）都非常酷。

　　9. 所有人都一致认定我会与面前这位我一无所知（除了我确认的以上八件事）的女孩成为好友。

　　10. 新来的女孩今晚会来我家用餐，今晚！

　　就在我脑中罗列着所有令我不开心的事件的时候，我听见妈妈也向温斯顿一家发出了共进晚餐的邀请。

　　玛丽·安兴奋得上蹿下跳，好似要亲临《弗兰时尚秀》节目一般。

我朝着许愿池的方向望着，假装自己站在许愿池前许下了愿望。

我希望克洛伊·詹妮弗从哪儿来回哪儿去。

可是我知道克洛伊·詹妮弗、杰克逊·布朗唯一将去的地方就是我家。就在今晚！

祸起晚餐

　　"马洛丽，能帮忙摆放一下餐具吗？"妈妈递给我一叠家中上好的盘子。

　　我手上托着盘子就像满抱着保龄球般沉重。我们家待客用的盘子明显比普通盘子重许多，我不得不格外小心。这些盘子只在特殊的场合才会使用，但我丝毫看不出今晚有什么特殊之处。

　　我朝餐厅走去，但让一个根本不想参加这次晚餐的人摆放餐具，实在有些不公平。

摆完餐具，我决定在用餐前先换一身衣服。我走进自己的房间，在衣橱里看了一圈，试图把注意力集中到更换哪件衣服上，可是却不停想起克洛伊·詹妮弗与玛丽·安牵手欢跃的场景，就像照片那样定格在脑中，挥之不去了。

我怀疑克洛伊·詹妮弗认为自己和玛丽·安会成为最好的朋友。我希望玛丽·安已经告诉了她，**我们**是最好的朋友。但是直觉告诉我，玛丽·安并没有说。

我换上紫色裙子。"上衣穿什么好呢？"我问奶酪包。她正在我的床上呼呼大睡，帮不上忙。

我拉开装T恤的抽屉，拿出最上面那件。那是件粉色印着"永远是最好的朋友"字样的T恤，玛丽·安也有一模一样的一件，我们一起在商场买的。

突然，我心生一计。

我跑回厨房拎起电话。我拨了温斯顿家的号码。乔伊接的电话，我请他让玛丽·安来接。她终于来了，我让她今晚穿上印着"永远是最好的朋友"字样的 T 恤与紫色裙子来赴约。

她答应了。

仅仅是听到她的声音我就觉得好了许多。

"今晚也许并不像预想的那么糟糕。"我回到屋里对奶酪包说道。

我套上 T 恤，瞧着镜中的自己。

我又觉得玛丽·安与我或许今晚不该穿得一模一样，克洛伊·詹妮弗初来乍到，我并不想让她有被排挤在外的感觉。可是我又想让她知道玛丽·安和我才是最好的朋友，并且永远都是。我们常常穿得一

模一样，为什么今晚要打破常规呢?

门铃声响起，妈妈呼叫所有人都到客厅。我打开门，门外是温斯顿一家：弗兰克、科琳、温斯顿爷爷、威妮、乔伊和玛丽·安。他们进来时，我微笑着与他们一一打着招呼。

看到玛丽·安时，我的笑容凝固了。她穿着紫色的裙子，可是上衣不是印着"永远是最好的朋友"字样的 T 恤，而是**印着"时尚摇滚"字样的T 恤**。

今晚的心情急转直下，从**"或许并不太坏"**变成了**"坏"**。以往不论何时，我和玛丽·安约定穿戴一致，都会按约来。我双臂交叠在胸前，对玛丽·安说："我以为你会穿印着'永远是最好的朋友'字样的T 恤呢。"

她耸了耸肩道："我没找到呀!"

我正想责怪她"怎么可以弄丢那件T 恤呢"，还没来得及说出口，门铃又响了。

　　这一回妈妈去开门了，杰克逊·布朗一家就像完美的旋风般进了客厅。

　　杰克逊·布朗博士与他的夫人超级友善，他们坚持让我们，甚至小孩儿都直呼他们为爱德华和凯特。爱德华给我和麦克斯一大盒糖果，凯特送给了妈妈一束系着丝带的鲜花。

克洛伊·詹妮弗简直就像刚从时尚杂志上走出来的。

所有人都对杰克逊·布朗一家流露出羡慕之意，就连什么都不觉得好的威妮，居然也对克洛伊·詹妮弗赞美有加。

在我们坐下用餐之时，糟糕的情况继续恶化。

克洛伊·詹妮弗说喜欢玛丽·安的印着**"时尚摇滚"字样的**T**恤**。玛丽·安听了非常开心。

克洛伊·詹妮弗说乔伊的滑板滑得很不错。乔伊听了也非常开心。

克洛伊·詹妮弗说喜欢威妮酷酷的风格。威妮听着笑了起来。

克洛伊·詹妮弗说她看到了客厅有架钢琴，她从五岁起就开始学弹钢琴了。妈妈听了很惊喜，她告诉克洛伊·詹妮弗自己是蕨落小学的音乐老师，非常乐意邀请克洛伊·詹妮弗在餐后弹奏一曲。

晚餐后，当妈妈收拾餐桌的时候，克洛伊·詹妮弗将自己的餐盘放入洗碗池。"好能干的小帮手!"妈妈夸奖道。随后,我们都来到客厅,欣赏克洛伊·詹妮弗演奏她最拿手的钢琴曲。

一曲弹罢,所有人都鼓掌,爸爸夸赞道:"太棒啦!"

"你很有音乐家的范儿啊。"妈妈说。

我学吹大号的时候可不记得妈妈有说过"你很有音乐家的范儿"这样的话。

所有的一幕幕就恍如打开电视机,所有人都津津有味地观赏着克洛伊·詹妮弗秀。

甚至冠军也朝克洛伊·詹妮弗跑过来，给了她一个大大的热情洋溢的舔吻。克洛伊·詹妮弗俯身抱住它的脖颈道："我喜欢狗狗。"她冲着大家抱怨道："我一直想养一只，可爸爸妈妈就是不答应。"

凯特笑道："我们不过是正在等待合适的时机呀。"

克洛伊·詹妮弗叹了口气。我能看得出她等待这个时机已经等了很久了。

克洛伊·詹妮弗的爸爸清了清嗓音，似乎觉得该转换话题了。

"你们俩长得这么相像，我们到现在还难以置信呢。"他指着玛丽·安与克洛伊·詹妮弗道。

"周一我们去学校，大家肯定都难以相信。"玛丽·安说道。

学校！我压根儿还没想到克洛伊·詹妮弗去学校会是什么样的场景。情况肯定比现在更糟糕。晚餐毕竟只是一个晚上，可学校生活却是日复一日呀。

克洛伊·詹妮弗低头瞅着自己的靴子，悠悠地道："真的好害怕去新的学校啊。"

"别担心，"玛丽·安安慰道，"马洛丽和我每天都走路去学校，你可以和我们一起去。到了学校我们把你介绍给所有的同学。你可以和我们一起吃午餐，课休时一起玩。我们会成为完美的三人组合。"玛丽·安转而望着我道："对吧，马洛丽？"

我作势咽了咽口水，却发现如鲠在喉，难以下咽。

克洛伊·詹妮弗担心去新的学校，让我隐隐感觉不安，可是与玛丽·安、克洛伊·詹妮弗的三人组合同样让我无法接受。玛丽·安素来与我亲密无间，我可不喜欢再有他人掺和进来。

玛丽·安清了清嗓音，追问道："对吗，马洛丽？"

"当然。"我回答道。这是别无选择的回答，假如说实话的话，从头至尾，我的感觉都糟透了。

角色转换

　　经过我和玛丽·安家相隔的院子时，我不禁蹙起了眉头。玛丽·安与克洛伊·詹妮弗已站在门口聊天了。无论玛丽·安说什么，克洛伊·詹妮弗都笑得很开心。

　　"嗨，马洛丽！"克洛伊·詹妮弗热情地跟我打招呼。

　　"嗨！"我努力做出同样开心的样子，但事实上，我对三人同行感觉极其怪异。平素习惯了与玛丽·安同行，乔伊曾经与我们同行过一阵，最近他与别的男生一同踢足球，比我们早走了一步。

玛丽·安一只手挽着我，另一只手挽着克洛伊·詹妮弗，说道："我们去蕨落小学！"仿佛她就是《绿野仙踪》里的多萝茜，而我们就是稻草人与锡人。

我调整了一下书包背带，努力把玛丽·安所说的三人组合的事抛在脑后。

"第一天上学我该注意些什么？"克洛伊·詹妮弗问道。

玛丽·安告诉克洛伊·詹妮弗，我们的奈特老师不喜欢被打扰，我们的体育老师凯利教练让我们做俯卧撑与仰卧起坐。

她提醒克洛伊·詹妮弗不要吃食堂里的肉饼，还做了个鬼脸，好像想到这个都会令她作呕。

克洛伊·詹妮弗哈哈大笑："你太好玩了。"她对玛丽·安说道。

　　克洛伊·詹妮弗只管笑，可我却笑不出来。我可以看出玛丽·安煞费苦心地讨克洛伊·詹妮弗欢心。我本该是她最好的朋友，但看起来，玛丽·安想要的最好的朋友不止一个。

我们到教室时，奈特先生已在等候克洛伊·詹妮弗了。响铃过后，他把克洛伊·詹妮弗介绍给全班同学。而后他让我们做好科学实践的准备。

"找好你们的实践伙伴。"

我的嘴角不由得浮现出笑意。玛丽·安与我便是一对合作伙伴，我们的食物链调查报告快要大功告成了。玛丽·安与我把课桌拼在一块儿，我拿出了写满笔记的文件夹。

这时，克洛伊·詹妮弗举起了手，道："奈特先生，我还没有科学实践合作同伴。"

奈特先生使劲拍了一下脑门，仿佛不敢相信自己竟然如此疏忽。他问道："谁自愿邀请克洛伊·詹妮弗加入？"

许多只手应声而举，但有一只手举得特别高。

"谢谢你，玛丽·安。"奈特先生说道，"克洛伊·詹妮弗可以与你和马洛丽共同完成实践任务。"

克洛伊·詹妮弗把课桌移至我们这里。玛丽·安开始向她解释我们的实践计划，我在一旁默默地听着。

"你与我们共同合作，我们只稍做改动就可以了。"玛丽·安说道，"不会有很大变动。况且，这样会更有意思呢。"

我努力让自己看上去不那么失望，不过，我觉得我们的方案已经足够趣味横生的了。玛丽·安与我早已对这个方案做得很有把握了，我真心喜欢它。然而，玛丽·安开始大刀阔斧地砍去我们的一系列创意，写下克洛伊·詹妮弗提出的新思路，她甚至不问我一下我**想要**什么。

午餐铃响，我奔向食堂。午餐是一天中最值得期待的。然而，当我坐到位子上准备用餐时，情况跟早晨一样，丝毫没有好转。

班上的所有女生都想坐在克洛伊·詹妮弗旁边与她聊天。阿妮尔和丹妮尔挪开身子给她腾出了位置，可是玛丽·安一把拽住克洛伊·詹妮弗的胳膊，仿佛掌控了她似的。

"克洛伊·詹妮弗坐在我与马洛丽中间。"她说。然后她让我坐远一些，可以让克洛伊·詹妮弗挤进我们中间。

我移到一旁，并非心甘情愿。所有人坐下后，唯一的话题便是克洛伊·詹妮弗与玛丽·安有多

相似。

"太奇怪了！"格蕾丝说。

"你们就像两姐妹。"艾玛说。

"不仅仅是两姐妹——简直就是双胞胎！"道恩说。

我一言不发——因为假如要我说的话，我会直言我已经听腻了克洛伊·詹妮弗与玛丽·安如何相像之类的话，我已厌倦了"克洛伊·詹妮弗——时间"，可是除了我之外的人都乐在其中。

"你是从哪里来的？"帕梅拉问。

"你喜欢做什么？"艾普莉问。

"我喜欢你的衣服。"阿妮尔说。

"我也是！"丹妮尔说。

克洛伊·詹妮弗描述了之前在亚特兰大的生活，说自己爱跳舞、弹琴、购物："我还喜欢花生酱与棉花糖三明治，那是我每天午餐的必备。"

"这也是马洛丽最爱的三明治！"玛丽·安道，

"她妈妈经常为她打包准备这个。"

克洛伊·詹妮弗冲我微笑着道："我们可以成为'三明治好友'。"她一边说着，一边打开午餐盒，笑容却骤然消失了。

"怎么回事？"玛丽·安问。

克洛伊·詹妮弗从午餐包里取出一张小字条，读了起来。

克洛伊·詹妮弗拿出她的三明治，朝两片面包中间看了一眼。

"是什么呢？"佐伊问。

"大红肠与奶酪。"克洛伊·詹妮弗道。

"呃！"阿妮尔道。

很多女孩开始发出类似

我最亲爱的女儿：

我找不见棉花糖酱了，一定是搬家时弄丢了！我今天会去杂货店购物，顺带一些，这样，明天午餐你就可以带上你的最爱啦。希望你转学第一天过得开心！

爱你的妈妈

的声音，包括我。艾普莉将手掩在喉部，伸出舌头，仿佛单是听到声音就让她作呕。

"你上学第一天不能吃上最喜欢的三明治真是太糟糕了。"布里塔尼说。

"这没啥大不了的。"克洛伊·詹妮弗虽这么说，但却掩饰不住失望之色。

玛丽·安摇着头："我们得做点什么。"她沉思了一会儿，突然打了个响指，好像想出了万全之策。

"马洛丽，你给克洛伊·詹妮弗半块三明治，她也分你她的一半。"

玛丽·安笑望着克洛伊·詹妮弗，说道："马洛丽与我经常分享三明治。"

"好主意！"阿妮尔赞道。

"你真的不介意吗？"克洛伊·詹妮弗试探着问我。

"她当然不会介意的。"玛丽·安很确定地说道，还给了我**赶紧交出那半块三明治**的眼神。

我不想交出自己的半块三明治，但是所有的女孩都把眼光投向了我，看得出她们热切的期待。

我将诱人无比的花生酱与棉花糖三明治分了一半，递到克洛伊·詹妮弗面前。

克洛伊·詹妮弗则笑着将她那面目可憎的大红肠与奶酪三明治递给了我一半："谢谢你，马洛丽。"她边说着边咬下一口，"嗯，好吃!"

我点头致意，看起来像因她快乐而快乐。

然而，事实并非如此。

尽管我知道这只不过是互换三明治而已，可在我眼中更像好朋友交换。玛丽·安怎么可以让我出让一半三明治给一个我不了解的女孩呢?

看起来玛丽·安在乎克洛伊·詹妮弗的感受，远远甚于我。这会儿我感觉到胃里一阵波涛汹涌。

克洛伊·詹妮弗的三明治我连碰都没有碰。

铺天盖地

玛丽·安得了痴狂症！克洛伊·詹妮弗痴狂症！

自打杰克逊·布朗一家搬入许愿池路，玛丽·安将克洛伊·詹妮弗视作我们不可或缺的一部分，不管我想与玛丽·安一起做何事，玛丽·安必定拉上克洛伊·詹妮弗。我似乎失去了最好的朋友。

昨晚，外婆打电话来，我告诉她事情的原委，可是她却爱莫能助，只安慰我说，在她看来"三人组合"恰到好处。但依我看，她大错特错了！三人

不成组！三人成群，我可不喜欢那样！

整整一周，让我添堵的事层出不穷，甚至连周末也难逃窘境。假如不信，接着往下读你便会感同身受了。

周二

周二午休课时间，我和朋友们一起玩"紫点倒霉蛋"游戏。我非常喜欢这个游戏，玛丽·安也是。是我们首创的，自然很擅长玩这个。

游戏规则如下：参与者提问，诸如："你最心仪的食物是什么？"如果两人的回答不

谋而合，他们一起高呼："紫点倒霉蛋！"与此同时，各得一分。玛丽·安与我素来心意相通，常常回答一致，所以得到高分不在话下。

可是这一回却失灵了。玛丽·安把游戏要诀教给了克洛伊·詹妮弗。游戏中，克洛伊·詹妮弗的回答与我俩如出一辙。

发现这一情形后，我提议我们应该更换游戏了。可是玛丽·安说自己是游戏首创者之一，更何况有另一个女孩与我们处处趣味相投，让她很开心。

她或许喜欢这样，却不代表我也喜欢。

周三

周三清早，我打电话给玛丽·安，约她一起穿上周新购的紫色闪亮的毛衣，与玛丽·安一拍即合，我们就此约定穿着去上学。

可是你猜结果如何？克洛伊·詹妮弗也穿了一

件一模一样的毛衣!

这周刚开始时,玛丽·安就跟克洛伊·詹妮弗说起过我们这款相同的毛衣。克洛伊·詹妮弗的妈妈便买了一件相同的给她!更糟糕的是,所有人对我与玛丽·安穿相同的衣服只字不提,都在讨论玛丽·安与克洛伊·詹妮弗如何相似。

我所指的所有人不仅指自己班上的同学,而且指学校里所有人。

早晨集会时,一群三年级的学生跑来问她们是不是双胞胎。

校长芬妮夫人到我们教室宣布事项时,都说她俩非常相像。

艺术课上,珀尔夫人说看到她俩让她突发灵感。她可以开展艺术创作,画两样极其相似的东西。

午餐时,一群五年级的女孩走到我们桌旁,其中一人拿起手机给玛丽·安与克洛伊·詹妮弗拍了照,声称会拿去参加撞脸大赛。

阿妮尔与丹妮尔觉得以前从未来过我们餐桌的五年级女生居然都过来了，简直太酷了！

我丝毫未觉得这有什么酷的。

周四

周四，我们在科学课上展示我们的实践计划。

克洛伊·詹妮弗加入我们之前，玛丽·安与我商量好，由我来讲关于生产者的植物部分，玛丽·安来展示属于消费者的动物部分。

克洛伊·詹妮弗加入我们之后，玛丽·安让她一起参与消费者部分。不仅如此，还将超越原计划中的讲读，更要演示于众。

我们就这样演示了一番。我扮演植物，玛丽·

安与克洛伊·詹妮弗扮演以植物为食的动物。

当她们假装来吞噬我的时候，班上所有的人都笑了起来。

他们笑并非因为我，而是觉得玛丽·安与克洛伊·詹妮弗联袂表演得很好笑，我不过待在那里，等着被她们"吃掉"。

对我而言，没有丁点儿有趣的地方。

周五

周五放学之后，我问妈妈能否带我和玛丽·安一起去商场。我们俩都超爱去商场，爱吃那里的肉桂糖卷饼，说话间我的脑海中已浮现出我们坐在食铺长椅上开心地吃卷饼的场景。

妈妈欣然答应带我们前往。我打电话邀请玛丽·安，玛丽·安却说要打电话给克洛伊·詹妮弗，看看她是否愿意一起去。

　　我试着让玛丽·安打消这个念头，我说克洛伊·詹妮弗不会愿意去，因为我们是奔着肉桂糖卷饼而去的，并非人人都喜欢。

　　可是玛丽·安坚持要问问克洛伊·詹妮弗是否喜欢。

　　克洛伊·詹妮弗说她喜欢肉桂糖卷饼，不过更喜欢草莓冻酸奶。玛丽·安听了颇为心动，说我们得去尝一下。

因此，我与玛丽·安同去商场品尝肉桂糖卷饼的计划摇身变成了我与玛丽·安、克洛伊·詹妮弗一起去品尝草莓冻酸奶，这根本不是我想要的！

尽管草莓冻酸奶味道的确不赖。

周六

周六早上，我去玛丽·安家看《弗兰时尚秀》节目，可你猜谁早就在啦？

假如你猜的是克洛伊·詹妮弗的话，恭喜你答对了。

《弗兰时尚秀》节目结束后，我故意说道："现在我们该各自回家了。"我给了玛丽·安意味深长的一瞥：你该对克洛伊·詹妮弗下逐客令了，接下去是属于我俩的共度时光。

我自认为玛丽·安必定是心领神会，依计而行，可她却说："你与克洛伊·詹妮弗为何不留下来一起吃午餐呢？这样我们就可以顺带想想克洛伊·詹妮弗的生日派对计划了。"

在我还没离开前，克洛伊·詹妮弗已开心地又是蹦跳又是鼓掌。最终，我与玛丽·安的整个周六都在帮她策划派对。

周六本是我与最好的朋友一起度过，而非再加一个新认识的女孩共同度过。

周日的晚上，我与奶酪包蜷缩在床上，我一边抚摩着它耳后的绒毛，一边回忆着自打克洛伊·詹妮弗来到许愿池路后的种种情形。

玛丽·安是真心喜欢她。

我并非不喜欢她，只是不喜欢她老围绕在我们周围，使我与玛丽·安之间不再像以前那样了。玛丽·安好像已经忘记了我才是她最好的朋友了。

我们不再是双人行动了，而成了三人同行。看起来，玛丽·安对此很满意。

我假装此刻自己身在许愿池边，闭上眼睛许了个愿。

我希望一切可以回到克洛伊·詹妮弗搬来之前，我与玛丽·安在一起的状态。

我睁开眼睛，直面现实，我知道这是一个无法实现的愿望，一切都回不到从前了。

可是应该有法子告诉玛丽·安，这样的三人组合不可行。我该提醒她，我们两个人在一起时曾经拥有的无穷乐趣——只有我们两人！

我闭上眼睛，苦思冥想起来。

一个绝妙的主意突然跳了出来。我诧异怎么之前居然没想到。

"我离开三人组合。这样，玛丽·安会怀念与我在一起时的亲密时光，她会选择与我做最好的朋友，而不是与克洛伊·詹妮弗。"我对我的猫咪说道。

我望着奶酪包，看它听懂了没有。

它发出了惬意的咕咕声，我不知道这究竟意味着什么。不过有一件事我可以确信无疑：友情"瘦身行动"将于明早开始。

友情"瘦身行动"

一早去学校，我便开始实施计划。

"科学考试你们准备好了吗？"上学路上克洛伊·詹妮弗问我与玛丽·安，"你们复习了吗？你们觉得会难吗？"

每天在上学路上，克洛伊·詹妮弗总会提出一堆问题。通常我有问必答，但今天我什么都不想说。

玛丽·安点头示意她已经准备好了，而后望着我道："你知道云的各种类型吗？"

我只是耸了耸肩。关于云或非云的任何话题我都不打算发表意见。

在玛丽·安与克洛伊·詹妮弗讨论层云与卷云之间的差异时，我故意放慢了脚步。

当与她们拉开大约几英尺距离时，玛丽·安转身望了我一眼，言下之意是你干吗这么拖拉呢？

"马洛丽，你不和我们一起走吗？"

"人行道太窄，三人并排走不下呢。"我对玛丽·安道，语气里透着如此显而易见、解释纯属多余的味道。

玛丽·安瞅了瞅人行道，又瞅了瞅我。我有些困惑，她是觉得人行道足够容纳三人并行呢，还是对我不与她们并肩而行表示不满？而我确信的是，假如我要重新找回我最好的朋友，必须将友情"瘦身行动"计划进行到底。

午餐时，我也按计划行动。

克洛伊·詹妮弗坐在我和玛丽·安中间。自从

她来到蕨落小学，每天如此。我打开午餐包，拿出我的奥利奥。

玛丽·安笑看着奥利奥。她喜欢奥利奥的程度丝毫不亚于我，我常常与她共享。

但今日我不打算与任何人分享。我将自己的一份饼干放在面前的餐巾上。吃完三明治与苹果后，我拿起一块，将两边掰开，咬下一口，发出啧啧的声音。

玛丽·安微笑着对我说："我准备好分享你的饼干啦。"

我望了望克洛伊·詹妮弗，然后目光又落回到玛丽·安身上。"抱歉，"我说，"不够我们三人的分量，我不想让你们其中任何一个落下呢。"

我并不喜欢独享饼干，可是我得表明态度。我得让克洛

与朋友们一起分享会更美味。

伊·詹妮弗明白三人组合是行不通的。

玛丽·安皱了皱鼻子，除了餐厅鱼条的味道之外，她好像还嗅到了别的奇怪的气息。我耸了耸肩，又咬了一口。

放学之后，行动依然在照计划进行。

"你们想一起学习拼写单词吗？"快到家的时候，克洛伊·詹妮弗问我和玛丽·安道。

玛丽·安欣然赞同。接下来我说的话并非我意，可是我别无选择。我告诉她们不需要我，她们自己可以合作搞定。"学习拼写单词两人比三人一起更合适。"我说。

玛丽·安看了我一眼，隐含着**我们向来一起学习拼写单词**之意，还没等她开口，我向她们挥了挥手，回家了。

跨进家门，我径直走进自己的房间，合上房门。

"友情'瘦身行动'首战告捷。"我告诉奶酪包。

准确地说是几近成功。部分潜意识告诉我，这是唤起玛丽·安对过去我们两人世界无穷乐趣的记忆，让我们重新成为最好朋友的唯一方法，可是另一部分却分明怀念着错失的一幕幕：讨论科学测试、分享奥利奥饼干、共同学习拼写单词。

我摩挲着奶酪包耳后的绒毛："但愿这招不久就能见效。"

重新成为最好的朋友

马洛丽，你在哪里？

我在这里。

太好了！

永远是最好的朋友！

第二天早晨，我继续我的友情"瘦身行动"。

我没有与玛丽·安和克洛伊·詹妮弗一起去学校；没有在克洛伊·詹妮弗为选择生日蛋糕举棋不定之际表达我的想法；我告诉她们，放学后不想跳大绳，尽管她们特意提醒我那是三人才能玩的游戏。

整整一周，我的计划如期进行。

尽管玛丽·安到目前为止还没吱声，但是我能感知到她已察觉到了不同寻常。我了解玛丽·安甚于任何人，我知道要不了多久她就会说："我们得谈一谈。"

一旦我们促膝相谈，我知道她准会说"马洛丽，自从克洛伊·詹妮弗来到许愿池路，我们之间变得非常非常非常奇怪，三人共同成为最好的朋友太难了，让我们回到从前吧"，诸如此类的话。

而后我们拥抱，拉钩发誓，我们永远都会是最好的朋友。想到这里，我情不自禁地笑了起来。

我只是期盼这场由玛丽·安发起的谈话不用等

待太久，因为做任何事都形单影只的，了无生趣。

好消息来袭。果然，我不用等待太久。

周四放学之后，玛丽·安打来电话问能否上我家来。"我们该谈一谈。"她说。

"太好啦。"我冲着话筒喊，对她的到来我简直等不及了！

"我的计划见效了！"我对奶酪包说。

玛丽·安一进家门，我便钩住她的胳膊，几乎将她拽进我的卧室。

玛丽·安刚一屁股坐在我的床上，便迫不及待地开口道："马洛丽，我们出了点问题。"

"我承认。"我回答。

"是克洛伊·詹妮弗。"玛丽·安道。

我点了点头。

玛丽·安看着我的神情预示着接下来的谈话内容的重要性。

我知道玛丽·安接下来会说三人成友太难，我

们应该回到克洛伊·詹妮弗搬来之前的样子。

我斜倚向玛丽·安，不想错失她说的任何一个字眼。

玛丽·安清了清嗓子道："问题是克洛伊·詹妮弗觉得你不喜欢她。你的所作所为的确不像喜欢与她在一起的样子。这可不好，我们同住在一条路上。而且，她真的很不错。"玛丽·安耸耸肩，似乎觉得这一切都很容易。

"我们应该共同成为好朋友。"她停顿了一下，期待我说什么。我做了个深呼吸。事实上，我脑中一片混沌，不知从何说起，谈话内容与我期盼中的大相径庭。

玛丽·安与我坐在床上，相对默然许久。最后玛丽·安打破沉寂："马洛丽，这个周末晚上我们一起住在你家吧？"

我大舒了一口气，如释重负："好呀！"我们几乎每个周末都会一起过夜，大部分选择在我家。这可是重归于好的契机，我的计划要奏效了！

"太好了！"玛丽·安道，"我觉得你该邀请克洛伊·詹妮弗，这样就可以证明你喜欢她，你意下如何？"

我的意见是该好好思考一下的不是别人，而是玛丽·安自己！

"只有我们两个人难道不行吗？既然我们是最好的朋友……"

玛丽·安摇着头，神情就像看到我们在拼写一个简单的单词而我居然频频出错。

"马洛丽，我们当然是最好的朋友，可是我们也可以与别人共同成为朋友，你懂我的意思吗？"

我点了点头，做出理解的样子，事实却并非如此。我们一直有别的好友，可是从没有这样与我们形影相随的。

玛丽·安微笑道："太棒啦！"她抬起右手钩起小指："金钩银钩发誓，你会邀请克洛伊·詹妮弗加入周末留宿计划，以表示你喜欢她。"

我看着玛丽·安，却没有动弹。

她只字未提这周我没有与她在一起的种种——上学路上并肩共行、美味共享、拼写单词以及共度休闲时光。自从她进入我家后，所有话题都围绕着克洛伊·詹妮弗。

我探身拉过奶酪包，搁到我的膝上，我的友情"瘦身行动"只让事态变得更加糟糕。

玛丽·安直视着我，流露出"是该钩手指发誓的时候了"的神情。我慢慢抬起右手，伸出小手指圈住玛丽·安的。

我依言照做后，玛丽·安咧嘴笑了。

可是，我们两人只有一人面露笑容。

留宿派对

虽然并非新年前夜，我却已暗下决心：试着与克洛伊·詹妮弗交朋友看看。

我邀请她加入我们的留宿派对时，她开心地拥抱了我，表达了欣喜之情。至少有一件事玛丽·安说的是正确的——克洛伊·詹妮弗是个挺不错的女孩，也许三人组合也并非那么糟糕。

另外，我找不到不能与克洛伊·詹妮弗成为朋友的理由。假如玛丽·安与她是好朋友而我不是，那么志趣相投只限于她俩之间。我可不愿玛丽·安觉得她与克洛伊·詹妮弗的友情如此乐趣无穷，而完全将我与她的友情一笔勾销。

想了很久，我才明白自己特别不希望这一切真的发生。我要让这个留宿派对精彩纷呈，我为今晚做了充足的准备。

一听到门铃响，我冲过门厅去开门。一打开，玛丽·安与克洛伊·詹妮弗已拿着睡袋与背包站在门口了。

"欢迎参加全球最盛大的睡眠派对！"我递给她们每人一份书写好的目录表。

三人朝我的房间走去，我还没来得及告诉克洛伊·詹妮弗将她的东西放到何处，玛丽·安抢先道："随便搁地板上好啦！"

克洛伊·詹妮弗将她的物品放在角落里，玛丽·安则将睡袋与背包卸在屋子中央。她将我制作的计划表塞进背包，甚至连看都没看一眼。

"好啦,"玛丽·安说,"烘焙饼干,通常是我们举办留宿派对的传统项目。"她拉着克洛伊·詹妮弗的胳膊道:"我们去厨房!"

我跟着她们穿过门廊,心中对玛丽·安的行为甚为不满。这个留宿派对好歹是在我家举办的呢。

当我们来到厨房时,妈妈已在那里了。

"你的初级厨师来此报到!"玛丽·安对妈妈说道。她指着贮藏橱与抽屉向克洛伊·詹妮弗一一介绍置放的物品。"玛丽·安,你可真是个能干的初级厨师呀。"妈妈大笑道。

我一点都不觉得有什么可笑之处。玛丽·安或许熟悉厨房,可是这并不意味着她就是引领克洛伊·詹妮弗参观的不二人选。

妈妈帮着我们揉面团，玛丽·安给了克洛伊·詹妮弗一个勺子："既然你身为贵客，把面团放到饼干纸垫上的美差就交给你。"

我看了玛丽·安一眼，暗含谁让你发号施令之意，可是玛丽·安丝毫没有注意到。

饼干放进烤箱后，玛丽·安说："该准备好柠檬水和爆米花了，我们马上要去看影片啦。"

我皱了皱鼻子，我喜欢闻到饼干烘烤时散发出来的香味，却不喜欢玛丽·安颐指气使的样子，好像这是她举办的留宿派对似的。

我们边看片子边享用爆米花、柠檬水与饼干。看完影片，我将自己的那份计划表放到桌上，以便玛丽·安与克洛伊·詹妮弗都可以看到。

"现在咱们该去许愿池了。"我说，"乔伊会等在那里跟我们碰面，教我们滑板技巧。"

玛丽·安假装打了个呵欠，表示这是她听过的最无聊的主意。她说："为何不去你的房间开个化装

舞会呢？"她看着克洛伊·詹妮弗道："既然我俩都会跳舞，我们可以默契配合，一定会很有趣的！"

我看了玛丽·安一眼，一副我不会跳舞，这对我并无乐趣可言的样子。

"我也不知道呢，马洛丽也许不喜欢跳舞。"

听到她这么说，我有些诧异。她好像擅长读心术，我未说出口的所思所想，她居然能猜出来。

可是，玛丽·安已朝我的房间走去："我们可以教马洛丽怎么跳。"她回头喊道。

克洛伊·詹妮弗看看我，犹疑道："行吗?"

我耸了耸肩，强颜欢笑，事实并非如此。我花了很长时间准备这个留宿派对，真的很不喜欢玛丽·安反客为主。

当克洛伊·詹妮弗和我走进房间时，玛丽·安已在我的书桌上的CD堆里翻来拣去了。"首先，我们得找到跳舞用的合适的音乐。"说着她拿起一张CD盒，指着盒封底上的一首曲子道，"你觉得这首如何?"她问克洛伊·詹妮弗。仿佛这屋里唯有她的意见才有一锤定音之效。

"我想应该可以吧。"她说着看看我，仿佛在等待我的认可。

我倾身越过玛丽·安的肩头去看她说的那首曲子。"我不喜欢那首。"我说着将双臂交叠在胸前，"我不想跟着这首曲子跳舞。"

玛丽·安看着我，突然打了个响指，好像我激发了她的某种灵感。

"马洛丽，既然你不喜欢这首曲子，也不知道怎么跳舞，那么，我和克洛伊·詹妮弗跳舞，你给我们做时尚设计师好啦。"

我还来不及表达意愿，玛丽·安已经不容分说道："我们需要演出服。"她在我的衣柜里翻找，挑出去年万圣节我们做啦啦队长穿的配套服饰。她拿过一件递给克洛伊·詹妮弗道："我们可以同做啦啦队长。既然我们长得相像，我们也应该穿得一样，那会是迄今为止最酷的舞蹈！我们会收获无穷乐趣！"

我简直不敢相信自己的耳朵。玛丽·安真的以为她和克洛伊·詹妮弗两人一起

当值得欢呼的时候，这是最有用的！

热舞，而我被排挤在外，只做个幕后设计会心甘情愿吗?!

克洛伊·詹妮弗开始穿戴服饰，她看上去有些犹疑不决，不确定自己是否同样兴奋。

玛丽·安与克洛伊·詹妮弗双双换好服装。玛丽·安看着镜中的自己，若有所思道："现在还有个问题。"

一整天下来，我头一回赞同玛丽·安，我们确定无疑出了问题!

"我们的发型与化妆也得一模一样，这样才能天衣无缝。"玛丽·安对我说道："马洛丽，既然你负责设计，那这个就是你的职责了!"

玛丽·安走进浴室，拿了我的紫色眼影与粉色唇彩递给我，给了我**是时候展示你设计魔力**的眼神。

尽管平时我喜欢设计发型与化妆，可是今天例外。假如我直接拒绝，玛丽·安一定会责怪我毁掉迄今为止最酷的舞蹈。

我打开眼影盒，将紫色亮粉抹在玛丽·安的眼睑上。然后在她唇上涂上光彩莹莹的粉色唇彩。

　　"难道这不好玩吗？"我给玛丽·安化完妆后，她兴奋地道。我不作声，克洛伊·詹妮弗也默不作声。

　　我接着往克洛伊·詹妮弗眼睑上抹紫色眼影，可是她阻止我道："你不必给我化妆。"

　　玛丽·安摇头道："她当然要给你化啦！我们假如不装扮得一模一样，怎么能跳得不分彼此呢？时尚造型师责无旁贷。"

　　克洛伊·詹妮弗看着我，对玛丽·安的不满似乎丝毫不亚于我。

　　我很用心地筹备今晚的留宿派对，可是玛丽·安却处处找碴儿，完全不在意我开心与否。

　　"好啦，现在我们该把发型统一起来了。"玛丽·安说着打开我的抽屉，递给我一把梳子、一些扎马尾辫的皮筋和四条红色丝带："马洛丽，能用

丝带给我们俩都扎成马尾辫吗?"

我觉得自己仿佛成了灰姑娘,为继母的两个女儿梳妆打扮去参加舞会。没有人在意灰姑娘去不去参加舞会,同样也没有人在意我的存在与否。

我梳理着玛丽·安的头发,将之扎成两条高高束起的马尾辫,而后用红色丝带加以点缀。

"好啦,现在轮到克洛伊·詹妮弗啦!"玛丽·安说。

克洛伊·詹妮弗坐在我的镜子前。她脸上带着笑意,可我觉得她的笑意是强装出来的,而非发自内心的。

我在她脑袋两侧也扎上了两个马尾辫,系上红丝带。我做完了这些之后,玛丽·安在镜前将脸贴近克洛伊·詹妮弗,不由得皱起了眉头。

"我们还是做不到一模一样，因为你的马尾辫比我的长。"她对克洛伊·詹妮弗说。

我甩了甩头，看了玛丽·安一眼，默默地告诉她这个一模一样的游戏早已过时了。

可是玛丽·安压根儿没注意到这些，说道："我们该修剪一下克洛伊·詹妮弗的马尾辫。"

克洛伊·詹妮弗强装的微笑荡然无存。

而玛丽·安并未留意到。她拿起桌上的剪刀，递到我的手中："马洛丽，把克洛伊·詹妮弗的马尾

辫都修剪掉一点点。"

"我不觉得有这么做的必要。"克洛伊·詹妮弗说。

"有必要。"玛丽·安驳回道,"这是唯一让我俩一模一样的方法。"

我把剪刀放在梳妆台上,双手抱在胸前道:"我不想剪克洛伊·詹妮弗的头发。"

玛丽·安重重地舒了一口气,像是因为憋气太久。她拿起剪刀,塞到我的手中:"这就开剪!"

我看着镜中玛丽·安的样子,玛丽·安确有发号施令的习惯,可是从来不会这样霸道。

想和克洛伊·詹妮弗一模一样的情结让玛丽·安着迷失控了。我想我知道其中的缘由。我是正确的——三人成不了最好的朋友,只有两个人才可以。玛丽·安想与克洛伊·詹妮弗成为最好的朋友,而不是与我。

"快点吧,马洛丽!"玛丽·安催促道。

我简直不敢相信玛丽·安语调中挑衅的意味，似乎是觉得我没有胆量去剪克洛伊·詹妮弗的头发。我盯着镜中的玛丽·安，用眼神告诉她：**你的激将法可吓不倒我**。

　　我拎起克洛伊·詹妮弗的马尾辫，开始剪了起来。

剪发风波

"马洛丽，瞧你干的好事！"玛丽·安的声音虽然轻若耳语，可是却比声嘶力竭迸发出的声音更令人胆战心惊。

我低头瞧着地板。金色的落发四处散落。前一分钟玛丽·安还在催促我为她俩一模一样的造型剪掉克洛伊·詹妮弗的头发。后一分钟我剪掉了克洛伊·詹妮弗的整条马尾辫。

我瞥了克洛伊·詹妮弗一眼。三年级的时候，我的老师戴利教给我们一个表情词语：苍白如鬼。此刻，我真正领会了其中的含义。

克洛伊·詹妮弗看着镜中的自己。脑袋的一侧是卷曲柔长的金色马尾辫，而另一侧大大的红色蝴蝶结下却只剩短短的一截。

克洛伊·詹妮弗抬手去摸被剪短的马尾辫。

"太抱歉了，我不是故意的。"道歉的话是从我嘴里出来的，可声音听上去却很陌生。

我望着克洛伊·詹妮弗，试图弄明白她是否相信我的解释。可是她看上去惊恐万状，还没有反应过来发生了什么，一粒泪珠从脸颊上滑落下来。

我觉得房间里酷热难耐。我不知这一切是如何发生的，我压根儿没想剪下整条马尾辫，仿佛剪刀自己变了主意似的。

"我们得去找你妈妈。"玛丽·安说道。此刻，她面色通红，与克洛伊·詹妮弗的苍白失色形成了对照。而且，她的音量很大，实在太大了。

妈妈来到我的房间。

克洛伊·詹妮弗的妈妈来到我的房间。

克洛伊·詹妮弗啜泣着。

玛丽·安告诉她们发生的一切。

她们看着克洛伊·詹妮弗，安慰着她，而后将目光集体投向了我，仿佛我就是那个罪魁祸首。

我能感觉到自己眼角汇聚的泪水。我想告诉她们是玛丽·安的主意，她是始作俑者，我想辩解我并不想这么做，是玛丽·安让我做的。

可是似乎没有人会听我说。

"太抱歉了！"妈妈对凯特与克洛伊·詹妮弗说。

"我觉得咱们该回家了。"凯特说。她帮克洛伊·詹妮弗收拾好东西，一手揽着她。妈妈跟在她们身后离开了房间。

屋里就剩下玛丽·安和我。我们曾经无数次单独相处，可是这一次却有一种异样的感觉。

我再一次申明我并非故意为之，可是玛丽·安伸出手做了一个制止的手势："马洛丽，你跟我钩指发誓要对克洛伊·詹妮弗表现你喜欢她的。"

"我尽力了！"我争辩。

"尽力剪了她的马尾辫？"

站在我面前的仿佛是个陌生人，而不是我最好的朋友。玛丽·安看上去怒火中烧。当然，我也愤怒不已。发生这事绝不是我一个人的责任，部分过错在玛丽·安。

所有的委屈瞬间一股脑儿奔涌而出。

"我已经尽力了，我邀请了克洛伊·詹妮弗参加留宿派对，我设计了我们——共同——参与的有趣的活动，但是你发号施令，好像是你举办的一样，你只想着与她一起尽情玩乐。是你想要跳舞，是你别出心裁要和克洛伊·詹妮弗配对做啦啦队长，让我为她剪发的也正是你的主意！"

"我简直不敢相信你因为这个埋怨我！"玛丽·安说道，"你从一开始就压根儿不想邀请克洛伊·詹妮弗。"

我探究着玛丽·安脸上的表情。一分钟前她异常愤怒，此刻显得惊恐不已。我知道她不想承认自己与方才发生的这一切有任何关系，可是她难辞其

咎。自从克洛伊·詹妮弗来到许愿池路的那天起，发生的一系列事件都与她密切相关。

"自从克洛伊·詹妮弗搬来后，你和她像是最好的朋友，而不是与我！"我愤然地道。

"我对克洛伊·詹妮弗特别友好，是因为你对她特别糟糕的缘故！"

"这不是我的初衷！"我说，"可是，我和你不该是最好的朋友吗？"

玛丽·安将双臂交叠在胸前，仿佛已经厌倦了这个话题。

"马洛丽，你违背了我们钩手指时的约定，我不能和一个不信守承诺的人做最好的朋友。"她走到屋子中央，拿起了睡袋。

刚才酷热难忍，而现在却冷得如坠冰窖。

"你这是什么意思？"

玛丽·安拎起背包甩上肩头："我的意思是，我们的友情到此结束！"她说道。

我一定是听错了。

我们是这辈子最好的伙伴，我想告诉玛丽·安，我们相约一生的友情不能就此灰飞烟灭。可是，还没等我说出口，玛丽·安已经不见了踪影。

形单影只

可怜的小马洛丽·麦当劳。

从前有一个红头发，脸上有着些许雀斑，甜蜜、聪慧、可爱（至少人们是这样告诉她的）的女孩不小心剪掉了另一个女孩的马尾辫。她并非故意为之，可不管怎样，事已至此，许多人为此伤心难过。

她的父母也都很生气。他们语重心长地与她谈了话，告诉她他们对此有多失望，她也将被禁足。

展览A：一对愤怒的父母

当她问他们自己将要被禁足多久时，得到的回答就是，她在很长的时间内不必制订任何计划！

她哥哥也十分生气，因为他的好朋友说她害怕上门拜访。既然这位红发雀斑女孩会剪掉别的女孩的马尾辫，就很难说她不会剪点别的什么。

她的哥哥因为
好朋友不愿意来而
迁怒于她，对这个
可怜的小女孩不理
不睬。虽然他们素
来很少说话，可是

展览B：哥哥和他的好朋友

自从她剪去另一个女孩的马尾辫之后，他没有
对她说过一句话，除了说她"神经病"之外。

被剪掉马尾辫的女孩也情绪低落。红发雀
斑女孩打电话致歉，虽然她说自己不介意，但
是红发雀斑女孩依然觉得她没有消气。

展览C：
安静+短发（其中一办）
=生气！！！

她觉得有两点依据。

原因之一：电话另
一端的这个女孩不同以
往，特别安静，不提任
何问题，而且波澜不惊
的样子。

089

原因之二：她一定在想念失去的马尾辫。红发雀斑女孩将心比心，自己也会因此而生气。

　　这个女孩的父母也很沮丧。红发雀斑女孩也向他们道歉，可是他们的态度比女儿的更安静，他们从头至尾没有说自己并不介意。

　　还有一个怏怏不乐的人便是红发雀斑女孩最好的朋友。自从红发雀斑女孩剪掉另一个女孩的马尾辫后，整整一周，她的好友没和她说过一句话，最后抛下的那句就是：我们的友情到此结束。

我不想听！

　　这个小女孩曾试图与好友沟通，可是她压根儿不愿听任何的解释。

　　这个小女孩想念她最好的朋友，坦诚地说，她也想念不小心被自己剪掉马尾辫的女孩。她曾对那个女孩心怀疑虑，但是了解越深就越喜欢那个女孩。如今细细思量，她宁愿与那个女孩成为最好的朋友，不再心存芥蒂。

还有更糟糕的情况（是的，目前已经够糟糕的了），学校很多孩子亦对此耿耿于怀。在这个可怜的小女孩看来，他们完全没有必要介意，他们甚至不在马尾辫被剪的现场。

事发后的周一早晨，那个女孩新剪了短发来学校。红发雀斑女孩的好友告诉所有人关于这个事情的原委，她说马尾辫被剪女孩别无选择，只能修剪成短发。这让班上的其他女生愤愤不平，问了更多的问题，问题爆棚，而那些回答令他们更加沮丧。

尽管换上新发型的女孩轻描淡写地

剪了短发以后，每个人都不跟那个可怜的红发雀斑小女孩说话了。

说："没什么大不了。"她说，她早就想尝试剪成短发，而且很喜欢现在的发型。即便如此，依然不能平复班上女生的愤怒情绪，她们仍然对这个可怜的红发雀斑女孩不依不饶。

糟糕透顶的是，新发型女孩向班上的所有女孩宣布，她这周末过生日，将邀请所有的女孩参加。

这个可怜的红发雀斑女孩说她被禁止参加任何活动，不过或许她的父母能破例让她参加生日聚会。她的话音刚落，一些女生抱着双臂，上下打量着这个可怜的女孩，似乎她压根儿就不该抱此想法。

这让女孩异常伤心。当她看着新发型女孩的新短发时，就更加伤感了。她不得不思考……

A. 那个女孩是否真心邀请她参加聚会？

或者

B. 她不去是否正合那个女孩的意呢？

她想得越多，越觉得答案会是 B，而这让小女孩更觉得孤单落寞。

今天她孤单一人，待在家里，写着这个故事。

明天，她也将形单影只，而所有的朋友会去参加被剪掉马尾辫女孩的生日派对，在她们手绘陶罐、品味蛋糕的时候，她就只能待在家里，一个人。

可怜、难受、孤单的女孩。

计划时间

　　我放下便笺簿，拾了一块石子丢进许愿池。这里是我每次遭遇困境寻求帮助的地方。

　　我静静地看着石子沉入池水。而后，我又扔了一块。

　　我回忆着每当情绪低落的时候，爸爸与我坐在许愿池边聊天的情形。他懂得如何排忧解难，总能帮我找到一个解决问题的好办法。

　　我真希望爸爸此刻就在我的身边，可是他没

有。即便在，这回他也一定无计可施了。自从我剪掉克洛伊·詹妮弗的马尾辫后，爸爸妈妈不断告诫我必须对自己行为负责的重要性，但如何做到这点却只字未提。

此刻，我得依靠自己，想出一个自我解救的好办法。

我回想起留宿派对的那天。

尽管那一天玛丽·安表现得不像一个好朋友，但剪去克洛伊·詹妮弗头发的毕竟是我。尽管克洛伊·詹妮弗轻描淡写地说自己并不介意，并且喜欢自己的新发型，但我知道这是我做得不对，我还知道这不是唯一一件我做错的事。

自从她搬到许愿池路后，我一直担心她会影响我和玛丽·安的友情，以至于我始终想排斥她。

我必须要想出一个办法让所有人知道我意识到自己的错误，对他们有多抱歉，我想让玛丽·安知道我愿意与她重归于好，并且同样向克洛伊·詹妮弗表达我想与她成为好朋友的渴望。

开动脑筋，马洛丽。

我捡起一把小石子，一颗接着一颗丢进许愿池中。我默默祈祷，丢石子有助于我思考。

我闭上眼睛，让我的脑袋快速运转起来。

终于，我，马洛丽·麦当劳，想出了一个绝妙的主意来，或许可弥补之前的过错。

我还不能确信我的计划能否有效，但我知道我得尝试。

还有个问题。我的计划环环相扣，只有每个环节都成功，我的计划才有最终成功的可能。剩下的最后的一个问题就是：留给我的时间不多了。

我看了看表，拿起笔记本一一列下计划的每个步骤。

将所有的环节逐一搞定并非易事，特别是与克洛伊·詹妮弗父母谈话这一部分。自从那天我剪去克洛伊·詹妮弗的马尾辫后，我只对他们说过抱歉

的话，他们那时还在愤怒之中。我不责怪他们，只
希望他们听我的解释。

任务清单

1. 与妈妈交谈。

2. 与爸爸交谈。

3. 恳请他们让我出门，至少明天一天。

4. 清洁车辆。

5. 熨烫睡衣。

6. 去百货商店购物。

7. 去聚会用品商店购物。

8. 装饰房间。

9. 预备餐桌。

10. 打电话。

11. 让接到电话的朋友保守秘密。

12. 与克洛伊·詹妮弗的父母谈话。

明天就是克洛伊·詹妮弗的生日，我真的期待能让这一天特别与众不同。

虽然我有一堆要做的事和所剩无几的时间，我还是拿起了一粒石子，闭上双眼。我还得再许一个愿。我万分万分万分期待能如愿以偿。

我希望我的计划能成功。

现在我要做的就是按照计划行事，将时钟设在明天早晨六点，说干就干！

重归于好

  闹铃响起,我从床上一跃而起。现在才早上六点,却已是聚会的时间了!

  我还没起床,妈妈已经在我的房间了,她依旧穿着睡衣,问道:"厨房在五分钟内开工吗?"

  我点点头。我压根儿不用花太多工夫更衣,事实上,根本就没有多余的时间,为了今天的聚会,我穿着睡衣即可。

我起床给了妈妈一个大大的拥抱："谢谢你让我出门。"我感激地道："帮助了我实现计划。"

妈妈用手臂环拥着我，眼神里透着成长免不了烦恼的慰藉。"我很高兴你能对自己的行为负起责任。"她说道，"我喜欢你的主意，我想克洛伊·詹妮弗和所有人都会喜欢。"

"他们一定会大吃一惊。"我说。

妈妈笑道："他们的确会出乎意料。"

当我到厨房时，爸爸早就在了。他穿着睡袍和拖鞋。我们三人将一切准备就绪。我们布置好餐桌，挂起饰品，切好水果，摆好餐具。

"该起程了。"当我们准备就绪时爸爸说道。

我看了看钟，早上七点，我们很准时。

"马洛丽，你与妈妈开面包车。"爸爸说，"我开车随后就到。"

突然，我心头一阵发紧："妈妈，会不会这一切都于事无补？"

妈妈停下来，看着我："马洛丽，你犯了错，每个人都会犯错。你努力在做的事很美好，我想克洛伊·詹妮弗和你的朋友们都会感知到这一点。"妈妈说着微笑地看着我："我有预感，一切都会好起来。"

我希望妈妈说的是对的，唯有让行动来检验了！我抓起昨晚列好的名单，那是班上所有女生的地址。我跟着爸爸妈妈来到外面。

　　该是付诸行动的时候了！

　　我们行程的首站是佐伊的家。当我们抵达时，妈妈冲我眨眨眼睛道："进屋去吧，佐伊的妈妈正等着你呢。"

　　一大早敲别人家门让人感觉有些怪异。我敲了门之后，佐伊的妈妈立刻来开门了，并且直接领我走进佐伊的房间。

　　进屋后，我摇晃着佐伊的肩膀道："醒一醒！"她睁开双眼，困惑地看着我。

　　"我为克洛伊·詹妮弗准备惊喜生日早餐。"我解释道，"这好比派对前的热身。我的爸爸妈妈等在外面的车上，我们会接班上所有的女生去我家共进早餐。你是第一个，克洛伊·詹妮弗将是最后一个。这样，我们会相聚一起唤醒生日女孩。"

佐伊眨着眼睛，似乎游离在半梦半醒之间，似乎还没有明白我在说什么，说道："我得换身衣服。"

"你已经穿好衣服了！"我告诉她，"这是一个保持本色的聚会，你只需要穿睡衣就可以啦。"

佐伊咧嘴笑了起来，似乎计划中的这一细节颇合心意。"那我们还等什么？"她的双脚滑进拖鞋，跟着我来到面包车旁。

就这样，我们接上了布里塔尼、艾普莉、道恩、帕梅拉、阿妮尔、丹妮尔、艾玛和格蕾丝。

"我们只需再停靠两个站点。"妈妈的面包车已经装得满满的了。

我没有和朋友们高声交谈，是因为我对最后两站依然心怀忐忑。

我们的车停在玛丽·安的家门口，我的脚趾在毛绒鸭拖鞋里紧张地交叠起来，我希望这次能成功。

我敲敲门，科琳出来接应。我直奔玛丽·安的房间。"快醒醒！"我对她耳语道。我知道这得连声

呼唤才会有效。

　　玛丽·安微微张开眼，然后猛地张得老大。看到我在她的房间里显然吃惊不小，我不确定她是否愿意见到我。

　　既然玛丽·安依然没有开口跟我说话，我立即向她解释。

　　我告诉她我的聚会热身计划。"我想为克洛伊·
詹妮弗做一件特别特别特别暖心的事。"我说着，又
暗地里在毛绒鸭拖鞋里交叠起脚趾。我希望玛丽·
安听到计划后不再生我的气，至少怒火能消一些，
来配合我的计划。

　　我说完后，玛丽·安陷入沉默。不知道她是刚
睡醒的缘故，还是因为不知该如何回答。

　　我看着她，发自肺腑地说："发生的这一切，我
感觉糟透了。"

　　"我也是，"玛丽·安停顿一会儿说道，"马洛
丽，我们得谈一谈。"

　　我点点头，给了玛丽·安一个我们得空再聊，
当务之急是准备早餐聚会的眼神。玛丽·安心领神
会，如同一个好友间会有的默契。我长长地舒了一
口气。我知道那是玛丽·安的微笑特有的含义：我
们依然是好友，而且永远都会是。

　　我看到玛丽·安床头的时钟指向八点。"加

油！"我拽着玛丽·安的胳膊，"我们得赶在克洛伊·詹妮弗醒来之前到达！"

玛丽·安穿上拖鞋，我们冲出玛丽·安的家门，其他女孩从车中蜂拥而出，我们一起穿过街跑向克洛伊·詹妮弗的家。克洛伊·詹妮弗的妈妈在我们敲门前就出来迎接我们了。"女孩们，我正等你们大驾光临呢。"她柔声说道。

我们使劲掩饰着咯咯的笑声，踮着脚来到克洛伊·詹妮弗的房间。我推开门，我们蜂拥而入，跳到她的床上。

"大惊喜！"我们大声喊道。

克洛伊·詹妮弗猛地睁开眼睛，她的震惊之状不亚于从头浇下一桶冰水。

"生日快乐！"我们高喊。

我向她说明了热身派对的计划，停顿了片刻，我有更重要的事要告诉她，感觉难以启齿。

我清了清嗓子道："克洛伊·詹妮弗，剪了你的

马尾辫我深感歉疚，这是件糟糕透顶的事情。自从你搬到这里，我对你很不友好，真心希望你能原谅我，希望你拥有一个超级快乐的生日！"

克洛伊·詹妮弗笑容满面："没事啦。"她说着从床上跳下来，给了我一个热情的拥抱，继续道："谢谢你，马洛丽，精心为我准备了一份如此特殊的

礼物。"她双脚伸进拖鞋:"让我们准备开始派对
吧!"

伙伴们到了我家,看到屋里的喜庆装饰与餐桌
上的美食,大家,尤其是克洛伊·詹妮弗惊喜万
分。"这是自助早餐。"我对朋友们说道。

大家围着餐桌。桌上放满了好吃的。"你们可以

把任何你们想吃的东西装在盘子里，做一份属于你们自己的早餐。"我又说。

朋友们开始往餐盘里添加煎饼、华夫饼，在上面装点上枫糖浆、鲜奶油，以及各种水果。

"瞧瞧我的创意。"艾普莉将她的煎饼装饰成花瓣形。

帕梅拉将她的面包圈设计成皇冠形。

阿妮尔与丹妮尔把她们的华夫饼点缀得恍若色彩斑斓的拼布床单。

盘子里盛满美味之后，我们涌入客厅。"谁想看《弗兰时尚秀》节目？"我问。

所有人都欢呼起来，我的朋友们都是《弗兰时尚秀》的忠实粉丝。

我打开电视机，朝长沙发走去。我还没来得及

坐下，有人拽住了我的胳膊。此人不是别人，正是玛丽·安。"马洛丽，我能和你谈谈吗?"

我点了点头，跟着她来到我的房间。她让我坐到自己的床上，开始说道：

"马洛丽，我之前生你的气，因为我弄不明白为何你对克洛伊·詹妮弗那么冷淡。我不明白为何你不愿意接纳她，我不得不加倍努力来弥补。"玛丽·安停顿了一下，接着说道，"但我同样做了很多错事。"

玛丽·安拨弄床罩上一根松了的线头："我对我们长得相像这件事走火入魔了。"

玛丽·安继续玩弄着线头，说道："克洛伊·詹妮弗昨天找我聊天，她说，尽管我与她长相相似，但是她不想因此而大惊小怪，否则会让她感觉不舒服，况且这并不意味着我们非得力求一模一样。"

玛丽·安停顿了片刻，又接着说道："她看出来，那天我想与她跳舞时，你感觉被冷落一边了。

她说，也许她的到来让你一时难以适应，而我们长相相像，无疑让这一切雪上加霜。之前，我还从来没有想到过这些。"

"我一直想要告诉你我的感受。"我说。

"我知道。"她说，"我本该好好听的。"她轻声道，好像在艰难地找寻合适的字眼来描述。

待她重新开口时，声音异常温柔："我不该跟你说'我们的友情到此结束'这种话，我们一直都是最好的朋友。与克洛伊·詹妮弗在一起并不意味着我们彼此不能成为最好的朋友。只是我们还可以共同拥有另一个朋友。"

我点点头："我现在明白了。那时我还担心你喜欢克洛伊·詹妮弗胜过喜欢我。"

玛丽·安深深吸了口气："马洛丽，我很抱歉我说了类似'不再与你做好朋友'这样的话，你永远都是我最好的朋友。"

哇，我从没想到玛丽·安会做如此深刻的自我检讨。我也不敢相信竟然是克洛伊·詹妮弗设身处地地理解我的感受，并且解释给玛丽·安听。她真的是太善解人意了。

"谢谢你的理解。"我对玛丽·安说。

玛丽·安伸出小手指说："永远是最好的朋友。"

"永远。"我伸手钩住了她的手指，然后我们拥抱。

听到屋外的敲门声时，我们依然依偎在一起。是克洛伊·詹妮弗。"我能进来吗？"她柔声问道。

玛丽·安与我同时点了点头。我闪出一个空位，让她坐到床上。

"马洛丽，谢谢你的早餐聚会。"她坐下后说道，"你为我做的这一切好贴心。"她停顿了片刻接着道："刚来到这里时，我因为离开亚特兰大很伤心。在那里，我有一个从小就一起玩耍的好友——我们就像你与玛丽·安那样。我不舍得与她分离，也担心能否在蕨落镇交上新的朋友。"

我回想起克洛伊·詹妮弗曾说过害怕去新的学校，而当时我的注意力完全集中在不希望她与玛丽·安成为好朋友这件事上，安全没有在乎她的感受。

"搬家挺不容易的。"我对克洛伊·詹妮弗道。

她对我微笑，仿佛知道我理解了她。

"马洛丽，我知道你与玛丽·安是最好的朋友。"克洛伊·詹妮弗接着道，"我不想破坏你们的这份情谊，我只是想和你们成为好朋友。"

克洛伊·詹妮弗是他们家中唯一的孩子，与周围成人相处较多，也许因为这个缘故，她的这番话显得很成熟。我也在努力思索着该如何回答。

我回想起克洛伊·詹妮弗搬至许愿池路之后的种种情形。那之后发生了很多事，有一些很糟糕，但也有一些很美好。

我发现了商场里新的美味。

我取得有史以来科学实践的最佳成绩。

　　而其中最可喜的部分莫过于有了一个新朋友。

　　"你当然可以成为我们的朋友。"我对克洛伊·

詹妮弗说，"我觉得三人同行，乐趣无穷。"

　　她开心地笑了，仿佛收到了最好的生日礼物。

　　而最动人的部分是，由我带来了这份礼物。

生日惊喜

这是漫长的一天，克洛伊·詹妮弗已经参加了两个派对，但是好戏还未完。另一个惊喜正在前往许愿池路的路上，而且，这将是一天中最激动人心的部分。

我来到玛丽·安的家，按响门铃。她来开门，我对她说："到点了。"我们拉着手，穿过街道，来到克洛伊·詹妮弗的家门口。

她的父母悄悄告诉过我们四点钟过来，现在时间是三点五十八分。

"记住，你得装作一无所知的样子。"我们穿过街时，我提醒玛丽·安。

她将拇指与食指捏在一起从嘴前横过，好像给双唇安上了拉链。

我们敲了门，克洛伊·詹妮弗出来开门，见到我们时有些惊讶。

我按照事先与她妈妈"串通"好的说辞道："我们想来看看你的礼物。"

克洛伊·詹妮弗微笑着道："快进来吧。"我们跟着来到厨房，她的生日礼物正堆放在桌上。她一一展现给我们看，我们不时大呼小叫，啧啧赞叹。

"姑娘们，再来块蛋糕吧？"克洛伊·詹妮弗的妈妈问。

玛丽·安与我同时点点头，可我兴奋难耐，完全吃不下蛋糕。克洛伊·詹妮弗的妈妈刚给我们切好蛋糕，便听见屋外汽车喇叭的声响。

"是你爸爸从杂货店买东西回来了。"克洛伊·詹妮弗的妈妈说着，心照不宣地看着我和玛丽·安，"姑娘们，你们想来帮忙一起提进来吗?"

　　我们起身，跟随克洛伊·詹妮弗来到屋外。她妈妈冲我和玛丽·安诡秘地眨眨眼。

　　这一刻终于到来。我和玛丽·安早已知晓，唯有克洛伊·詹妮弗还蒙在鼓里，我迫不及待地想瞧瞧秘密揭晓时她兴奋的样子。

　　克洛伊·詹妮弗的爸爸正从人行道上走来，他身上并没有任何购物袋，而是抬着一只小小的箱子。他将箱子放在克洛伊·詹妮弗面前。他打开箱子，从里面抱出一只棕色带着白色斑点的小狗。

　　他小心翼翼地将小狗递给克洛伊·詹妮弗："生日女孩的特别快递。"他说道。

　　"惊喜!"克洛伊·詹妮弗的父母、玛丽·安与我异口同声道。

　　克洛伊·詹妮弗看上去有些困惑，对眼前发生的这一切难以置信。"它是属于我的?"她问爸爸道。

他点头道:"你妈妈与我曾告诉过你,我们在等待一个特殊的时机让你领养狗狗,十岁生日正是一个恰到好处的时机。"

我们都看着克洛伊·詹妮弗将小狗抱在胸前。"爸爸妈妈,太感谢你们了! 谢谢、谢谢、谢谢!"她一迭声说了三遍,同时将询问的目光停在我的身上。我扑哧笑道:"三个人连说三遍比两个人说得更好。"

克洛伊·詹妮弗欣然笑了。她将小狗抱在膝头,坐在走廊的秋千上。她的妈妈拍下了这美好的一刻。

"妈妈,给我们来张合照。"克洛伊·詹妮弗道。

我和玛丽·安各坐一侧,她妈妈按下快门。克洛伊·詹妮弗将小狗凑到脸庞,亲吻它的鼻子:"我打算叫你小雀斑。"她看着小狗满脸斑点的样子轻喃道。

我咧嘴一笑，伸手拍拍小雀斑道："这个名字正适合呢。"

"我们进屋了，你们和小雀斑单独待会儿吧。"克洛伊·詹妮弗的爸爸道。

他们说着朝屋里走去。他们彼此会心一笑，选择送给女儿向往已久的礼物，也令他们感到欣慰。

快乐不仅仅属于他们，同样也在我心中蔓延。克洛伊·詹妮弗真的是个贴心的伙伴，她拥有了一个难忘的生日，也让我由衷开心。

我用脚轻轻点地，推着秋千，我们一起微微摇晃起来。

小雀斑发出细微的鼾声，摇晃让它萌生睡意。

我回忆起克洛伊·詹妮弗刚搬来时，我一心认定我、玛丽·安和克洛伊·詹妮弗三人不可能成为好朋友，三人只会喧闹。然而越深入了解她，就越明白事实并非如此。

玛丽·安与我也一样，我们时常会各执一词，争论不休，但我知道，她永远都是我最好的朋友。

而现在，我们有了新的朋友，我莫名喜欢的朋友。

玛丽·安与克洛伊·詹妮弗也和我一样，用脚尖推着秋千，秋千摇晃在空中。没有人开口说一句话，这非同寻常。但是我们知道，谁也不必说什么，三人并排坐在秋千上，已足够让我们乐开怀了。

诗兴大发

　　我不知道你们是否有写诗的习惯，自从我与克洛伊·詹妮弗敞开心扉，成为好朋友以后，突然诗兴大发，为她献诗一首。

　　事实上，在克洛伊·詹妮弗十岁生日派对之后，她、玛丽·安与我在一起乐趣无穷。我，马洛丽·麦当劳，从未想过三人行会如此有趣。

　　克洛伊·詹妮弗非常喜欢我的诗，希望你们也同样喜欢。

三人行

马洛丽·麦当劳

古来好事皆成三，

ABC，此三字母首开篇，

123，此三数字始发端，

三只小猪个个萌，

三只小盲鼠追逐忙（即使它们什么都看不到），

三只小猫寻手套（它们在购物狂欢），

三只小熊追着金发姑娘上树梢，

三剑客情谊最真挚，相信我，

香草、巧克力与草莓，

此三种味的冰淇淋味最美，我保证，

三位好友——你、玛丽·安和我，

我很高兴你搬到了许愿池路，让我心中充满了欢乐，

我只想说：哇，哇，哇，给你们大大的拥抱和亲吻。

自助早餐

    还有一件事：假如你打算办惊喜早餐派对（那是极为睿智的决定，因为那会非常非常非常有意思），建议你采用自助的方式，我的朋友们都超级喜欢，你们也应该是这样。

    以下是食谱，自己动手很开心！

自制早餐（10—12人）

原料：

两盒迷你薄煎饼

两盒迷你华夫饼

两盒法式面包棒

一袋迷你面包圈

一罐花生酱

一罐草莓果酱

一桶奶油乳酪

草莓、香蕉片和葡萄分装在碗中

巧克力片、棉花糖分装在碗中

糖粉调味料

肉桂调味料

枫糖浆

黄油或人造奶油

其他用到的物品：

桌布一块、纸盘若干、餐巾纸、塑料刀叉，以及饰花牙签

提示：

铺上漂亮的纸质桌布（我喜欢粉色与紫色，选择你喜欢的），用鲜花、彩色纸屑装饰一新。

准备纸盘若干、餐巾纸、塑料刀叉，以及饰花牙签，将所需配料放在餐桌中央，便于取用。

得到父母的帮助，烘焙煎饼、华夫饼与法式面包棒。

当早餐香气四溢之时，邀请朋友就餐，发挥各自的奇思妙想。趁食物全吃光之前，不要忘了拍下他们各种有趣的吃相。

打开思路:

你完全可以改变原料，不必拘泥于此。选择你与朋友的喜好，凤梨、猕猴桃、椰子、巧克力酱、肉丸……（开玩笑，不过假如你觉得煎饼可搭肉丸也未尝不可!）

美味! 美味! 美味!

好玩! 好玩! 好玩!

图书在版编目(CIP)数据

马洛丽成长记. 新朋友来了 / （美）劳丽·弗里德曼
著;(美)詹妮弗·卡利斯绘;杜明译. —杭州:浙江文艺出
版社,2019.4
ISBN 978-7-5339-5579-3

Ⅰ.①马… Ⅱ.①劳… ②詹… ③杜… Ⅲ.①儿
童小说—长篇小说—美国—现代 Ⅳ.①I712.84

中国版本图书馆 CIP 数据核字(2019)第 024433 号

Three's Company, Mallory Text Copyright ⓒ2014 by Laurie B. Friedman
Illustrations Copyright ⓒ2014 by Lerner Publishing Group, Inc.
Published by arrangement with Darby Creek, a division of Lerner Publishing Group, Inc.,
241 First Avenue North, Minneapolis, Minnesota 55401, U.S.A. All rights reserved.
Simplified Chinese Character Rights are arranged through CA-LINK International LLC
www.ca-link.com
版权合同登记号：图字:11-2017-183 号

策划统筹　王晓乐　王晶琳　　　**责任编辑**　王晶琳
营销编辑　俞姝辰　　　　　　　**封面设计**　荆棘设计
责任校对　许龙桃　　　　　　　**责任印制**　吴春娟

马洛丽成长记：新朋友来了

[美]劳丽·弗里德曼◎著　[美]詹妮弗·卡利斯◎绘
杜　明◎译

出版　浙江文艺出版社
地址　杭州市体育场路 347 号
邮编　310006
网址　www.zjwycbs.cn
经销　浙江省新华书店集团有限公司
制版　杭州天一图文制作有限公司
印刷　浙江新华印刷技术有限公司
开本　880 毫米×1230 毫米　1/32
印张　4.25
插页　2
印数　0001—8000
版次　2019 年 4 月第 1 版　2019 年 4 月第 1 次印刷
书号　ISBN 978-7-5339-5579-3
定价　**22.00** 元